This book is dedicated to all animals on this earth,
whatever their colour or shade.

Frog and the Stranger / English–Urdu

Milet Publishing Limited
PO Box 9916
London W14 OGS
England
Email: info@milet.com
Website: www.milet.com

First English–Urdu dual language edition published by
Milet Publishing Limited in 2000
First English edition published in 1993 by Andersen Press Ltd

ISBN 1 84059 190 0

Typeset by Typesetters Ltd
Printed and bound in Italy

Max Velthuijs

مینڈک اور اجنبی
Frog and the Stranger

Urdu translation by Gulshan Iqbal

MILET

UROY
NELHUDDS,M
VEL

ایک دِن ایک اجنبی آیا اور اُس نے جنگل کے کنارے کیمپ بنایا۔ سب سے پہلے پیٹ نے اُس کا پتہ لگایا۔

One day, a stranger arrived and made a camp at the edge of the woods. It was Pete who discovered him first.

''کیا آپ نے اُسے دیکھا ہے؟'' پیٹ نے خُوش ہو کر کہا جب وہ بطخ اور مینڈک سے مِلا۔

''نہیں۔ وہ کیسا لگتا ہے؟'' بطخ نے پُوچھا۔

''اگر آپ مُجھ سے پُوچھتے ہیں، تو وہ ایک گندہ چُوہا لگتا ہے،'' پیٹ نے کہا۔ ''اُسے یہاں سے کیا چاہیئے؟''

''آپ کو چوہوں سے محتاط رہنا چاہیئے،'' بطخ نے کہا۔ ''وہ بہت کُچھ چُرا لیتے ہیں۔''

"Have you seen him?" asked Pete excitedly when he met Duck and Frog.

"No. What's he like?" asked Duck.

"If you ask me, he looks like a filthy dirty rat," said Pete. "What does he want here?"

"You have to be careful of rats," said Duck. "They're a thieving lot."

’’آپ کو کیسے پتہ ہے؟‘‘ مینڈک نے پُوچھا۔ ’’ہر کوئی جانتا ہے،‘‘ بطخ نے برہم ہو کر کہا۔
لیکن مینڈک کو یقین نہ آیا۔ وہ خُود دیکھنا چاہتا تھا۔ اُس رات جب اندھیرا ہُوا تو اُسے دُور
سے کوئی سُرخ رنگ کی چِیز چمکتی نظر آئی۔ مینڈک اور قریب آگیا۔

"How do you know?" asked Frog. "Everyone knows," said Duck indignantly.
But Frog wasn't so sure. He wanted to see for himself. That night, when darkness fell he saw a red glow in the distance. Frog crept nearer.

جنگل کے کنارے اُس نے کُچھ لکڑیاں دیکھی جو کہ کپڑے سے ڈھکی ہُوئی تھیں اور یُوں لگتا تھا جیسے کہ کوئی عارضی رف سا خیمہ ہو۔

At the edge of the wood he saw a couple of sticks with a rag draped over them, like a makeshift, untidy tent.

اجنبی آگ پر دیگچی رکھ کر کُچھ پکا رہا تھا۔ بہت اچھی خُوشبو آرہی تھی اور مینڈک کو یہ سب بہت اچھا لگا۔

The stranger was cooking in a pot over a fire. There was a wonderful smell and Frog thought it all looked very cosy.

''مَیں نے اُسے دیکھا ہے،'' مینڈک نے اگلے روز دُوسروں کو بتایا۔
''اور؟'' پیٹ نے پُوچھا۔ ''وہ ایک اچھا اِنسان لگتا ہے،'' مینڈک نے کہا۔

"I've seen him," Frog told the others, next day.
"And?" asked Pete. "He looks like a nice fellow," said Frog.

''محتاط رہنا،'' پیٹ نے کہا۔ ''یاد رکھو کہ وہ ایک گندہ چُوہا ہے۔''
''مَیں شرط لگاتا ہُوں کہ وہ کام کیئے بغیر ہماری ساری خوراک کھا جائے گا،'' بطخ نے کہا۔
''چُوہے چالاک اور سُست ہوتے ہیں۔''

"Be careful," said Pete. "Remember he's a dirty rat."
"I bet he'll eat all our food without ever doing a day's work," said Duck.
"Rats are cheeky and lazy."

لیکن یہ بات سچ نہیں ہے۔ چُوہا ہر وقت مصروف رہتا تھا۔ اُس نے لکڑیاں اکٹھی کر کے بہت اچھا میز اور بنچ بنایا۔
وہ گندہ بھی نہیں تھا۔ وہ اکثر دریا میں نہاتا تھا اگرچہ وہ گندہ سا لگتا تھا۔

But that wasn't true. Rat was always busy. He collected wood and skilfully made a table and bench. He wasn't really dirty either. He often bathed in the river although he looked a little scruffy.

ایک دِن مینڈک نے چُوہے کو مِلنے کا فیصلہ کیا۔ چُوہا دُھوپ میں نئے بنچ پر بیٹھا آرام کر رہا تھا۔
''ہیلو،'' مینڈک نے کہا۔ ''مَیں مینڈک ہُوں۔'' ''مَیں جانتا ہُوں،'' چُوہے نے کہا۔ ''مَیں دیکھ سکتا ہُوں۔ مَیں احمق نہیں ہُوں۔
مَیں لِکھ پڑھ سکتا ہُوں اور تین زبانیں بول لیتا ہُوں — اِنگلش، فرینچ اور جرمن۔''
مینڈک بہت متاثر ہُوا۔ یہ تو خرگوش بھی نہیں کر سکتا۔

One day, Frog decided to visit Rat. Rat was sitting resting on his new bench in the sun. “Hello,” said Frog. “I’m Frog.” “I know,” said Rat. “I can see that. I’m not stupid. I can read and write and I speak three languages – English, French and German.”
Frog was very impressed. Even Hare couldn’t do that.

تبھی اُسی وقت پیٹ آ گیا۔

''آپ کہاں سے آئے ہو؟'' اُس نے غُصّے کے ساتھ چُوہے سے پُوچھا۔

''ہر جگہ سے اور کہیں سے بھی نہیں،'' چُوہے نے اطمینان کے ساتھ جواب دیا۔

''ا چھا، تو پِھر آپ واپس کیوں نہیں چلے جاتے؟'' پیٹ نے چلا کے کہا۔ ''آپ کا یہاں کوئی کام نہیں ہے۔'' چُوہا مطمئن رہا۔

Just then, Pete arrived.

"Where are you from?" he asked Rat angrily.

"From everywhere and nowhere," replied Rat calmly.

"Well, why don't you go back?" cried Pete. "You've no business here."

Rat remained calm.

''مَیں نے ساری دُنیا کی سیرو سیاحت کی ہے،'' چُوہے نے ہِلے بغیر کہا۔
''یہاں آرام چین ہے اور دریا سے بہت خُوبصورت منظر نظر آتا ہے۔ مُجھے یہ جگہ پسند ہے۔''

"I have travelled all over the world," said Rat unmoved. "It's peaceful here and there's a wonderful view over to the river. I like it here."

''مَیں شرط لگاتا ہُوں کہ آپ نے لکڑی چُرائی ہے،'' پیٹ نے کہا۔ ''یہ مُجھے مِلی ہے،'' چُوہے نے رُعب دار آواز میں جواب دیا۔
''یہ ہر کسی کی ملکیّت ہے۔'' ''گندہ چُوہا،'' پیٹ نے آہستگی سے کہا۔
''ہاں، ہاں'' چُوہے نے تلخی سے کہا۔ ''ہر چِیز میں ہمیشہ میرا ہی قصور ہے۔ چُوہوں کو ہر قِسم کا الزام دیا جاتا ہے۔''

"I bet you stole the wood," said Pete. "I found it," said Rat in a dignified voice. "It belongs to everyone." "Dirty rat," muttered Pete.
"Yes, yes," said Rat bitterly. "Everything is always my fault. Rat is always blamed for everything."

مینڈک، پیٹ اور بطخ خرگوش کو مِلنے گئے۔ ''اُس گندے چُوہے کو یہاں سے چلے جانا چاہیئے،'' پیٹ نے کہا۔ ''اُسے یہاں رہنے کا کوئی حق نہیں ہے۔ وہ ہماری لکڑی چُراتا ہے اور گُستاخ بھی ہے،'' بطخ رو ہانسی صُورت بناتے ہُوئے کہا۔ ''خاموش، خاموش،'' خرگوش نے کہا۔ ''وہ ہم سے مُختلف ہو سکتا ہے، لیکن اُس نے کوئی غلط کام نہیں کیا اور لکڑ پر تو ہر کسی کا حق ہے۔''

Frog, Pete and Duck went to visit Hare. "That filthy rat must leave," said Pete. "He's no right to be here. He steals our wood and is rude as well," cried Duck. "Quiet, quiet," said Hare. "He may be different from us, but he's not doing anything wrong and the wood belongs to everyone."

اُس دِن کے بعد مینڈک ہر روز باقاعدگی سے چُوہے کو مِلنے جاتا رہا۔ وہ بنچ پر ایک دُوسرے کے ساتھ بیٹھتے، منظر کا نظارہ دیکھتے اور چُوہے نے مینڈک کو دُنیا کی مہم جوئی کی کہانیاں سُنائیں، جہاں پر اُس نے سفر کیا تھا اور اُس کے بہت پُرجوش تجربوں کی۔

From that day on, Frog went to visit Rat regularly. They sat side by side on the bench, enjoying the view and Rat told Frog stories of his adventures round the world, for he had travelled widely and had had many exciting experiences.

پیٹ مینڈک سے مُتفّق نہیں تھا۔ ''آپ کو اُس گندے چُوہے کے پاس نہیں جانا چاہیئے،'' اُس نے کہا۔
''کیوں نہیں؟'' مینڈک نے پُوچھا۔ ''کیوں کہ وہ ہم سے مُختلف ہے،'' بطخ نے کہا۔
''مُختلف،'' مینڈک نے کہا، ''لیکن ہم سب مُختلف ہیں۔''
''نہیں،'' بطخ نے کہا۔ ''ہم ایک دُوسرے سے مِلتے جُلتے ہیں۔ چُوہے کا یہاں سے کوئی تعلق نہیں ہے۔''

Pete disapproved of Frog. “You shouldn’t go round with that filthy rat,” he said.
“Why not?” asked Frog. “Because he’s different from us,” said Duck.
“Different,” said Frog, “but we’re all different.”
“No,” said Duck. “We belong together. Rat isn’t from round here.”

ایک دِن پیٹ لاپرواہی کے ساتھ کھانا پکا رہا تھا۔ فرائنگ پَین سے آگ کے شعلے اُٹھے۔
جلد ہی آگ پھیل گئی اور ہر طرف شعلے تھے۔ گھر جل چکا تھا۔

Then one day, Pete was careless while he was cooking. Flames leapt from the frying pan. Soon the fire spread and the flames were everywhere. The house was ablaze.

وہ ڈر سے باہر بھاگا۔ ''آگ! آگ!'' وہ چلایا۔ لیکن چُوہا پہلے ہی وہاں پر تھا۔
اُس نے جلدی سے پانی کی بالٹیاں بھری اور آگ بُجھانے لگا یہاں تک کہ آگ بُجھ گئی۔

He ran outside terrified. "Fire! Fire!" he screamed. But Rat was already there. He hurried between the river and the house with buckets of water and fought the flames until the fire was out.

پیٹ کے گھر کی چھت پُوری طرح سے تباہ ہو چکی تھی۔ تمام جانور صدمے کے ساتھ کھڑے تھے۔ اب پیٹ بے گھر تھا۔
لیکن اُسے فِکر کی ضرورت نہیں تھی۔ اگلے دِن چُوہا کیل اور ہتھوڑی لے کر آیا۔ پل جھپکتے ہی گھر کی مرمت ہو گئی!

The roof of Pete's house was totally destroyed. All the animals stood round in shock.
Now Pete was homeless. But he needn't have worried. The next day, Rat came round
with a hammer and nails. As quick as a flash, the house was repaired!

ایک اور موقعہ پر خرگوش دریا پر پانی لینے گیا۔ اچانک وہ پِھسل گیا اور گہرے پانی میں گِر گیا۔ خرگوش تیرنا نہیں جانتا تھا۔

"مدد! مدد!" اُس نے زور سے چلاتے ہوئے کہا۔

یہ چُوہا تھا جِس نے اچانک چلانے کی آواز سُنی اور سیدھا پانی میں کُود پڑا۔ جلدی سے اُس نے خرگوش کی جان بچائی اور اُسے حفاظت کے ساتھ دریا کے خُشک کنارے پر لے آیا۔

Another time, Hare went to the river to fetch some water.
Suddenly he slipped and fell into deep water. Hare couldn't swim.
"Help! Help!" he shouted loudly.
It was Rat who heard the shouts at once and dived straight into the water. Quickly he rescued Hare and brought him to the safe, dry bank.

اب ہر کوئی اِس بات سے اتفاق کرتا تھا کہ چُوہے کو یہاں پر رہنا چاہیئے۔
وہ ہمیشہ خُوشی کے ساتھ مُسکراتے ہُوئے ہر کسی کی مدد کرتا جِس کسی کو ضرورت ہوتی۔

Everyone now agreed that Rat could stay. He was constantly happy and cheerful and was always there if someone needed help.

وہ اکثر اچھی قِسم کی تفریح کے مُتعلق سوچتا جیسے کہ پِکنک پر جانا یا جنگل کا چکر لگانا۔

He often thought of fun things to do like having a picnic by the river or a trip into the forest.

اور رات کے وقت، اُس نے چینی ڈریگن اور بہت اچھی باتیں جو اُس نے دُنیا میں دیکھی تھیں سُنائیں۔ یہ بہت اچھے دِن تھے جبکہ چُوہا اُنہیں ہمیشہ نئی کہانیاں بتاتا۔

And during the evenings, he told them all exciting stories about dragons in China and other exciting things he had encountered in the world. It was a very happy time and Rat always had new tales to tell.

لیکن ایک خُوشگوار دِن جب مینڈک چُوہے کو مِلنے گیا تو اُسے یقین نہ آیا۔
خیمہ اُتار دیا گیا تھا اور اُس نے اپنا بوریا بستر تیار کر لیا۔

But one fine day when Frog visited his friend Rat he couldn't believe his eyes. The tent had been taken down and Rat was standing there with his rucksack.

''کیا آپ جا رہے ہیں؟'' مینڈک نے حیرانگی کے ساتھ پُوچھا۔
''اَب جانے کا وقت ہوگیا ہے،'' چُوہے نے کہا۔ ''شاید مَیں امریکہ چلا جاؤں۔ مَیں وہاں کبھی نہیں گیا۔''
مینڈک پریشان ہوگیا۔

"Are you leaving?" asked Frog in amazement.
"It's time to move on," said Rat. "I might go to America. I've never been there."
Frog was devastated.

اُن کی آنکھوں میں آنسو آ گئے، مینڈک، بطخ، خرگوش اور پیٹ نے اپنے دوست کو الوداع کہا۔

''شاید ایک دِن مَیں آؤں،'' چُوہے نے خُوشی سے کہا۔ '' تب مَیں دریا کے اُوپر پُل بناؤں گا۔''

With tears in their eyes, Frog, Duck, Hare and Pete said goodbye to their friend Rat. "Perhaps I'll come back one day," said Rat cheerfully. "Then I'll build a bridge over the river."

تب وہ چلا گیا — وُہ گندہ چُوہا، لیکن وہ بہت اچھا، چالاک، مدد گار اور ہوشیار تھا۔
وہ پہاڑیوں پر دُور تک اُسے جاتے دیکھتے رہے۔ ''ہم اُس کی کمی کو محسوس کریں گے،'' خرگوش نے آہ بھر کر کہا۔

Then he left – that filthy dirty, but nice, cheeky, helpful, clever Rat. They stared after him until he disappeared behind the hill. "We'll miss him," said Hare with a sigh.

ہاں، چُوہا پیچھے ایک خلا چھوڑ گیا ہے۔ لیکن بنچ ابھی بھی وہاں پر تھا اور چاروں دوست اُس پر بیٹھ کر اچھے چُوہے کی باتوں کو یاد کرتے تھے۔

Yes, Rat left an empty space behind. But the bench was still there and the four friends often sat together on it and talked over their memories of their good friend Rat.